Edifício Ouroboros

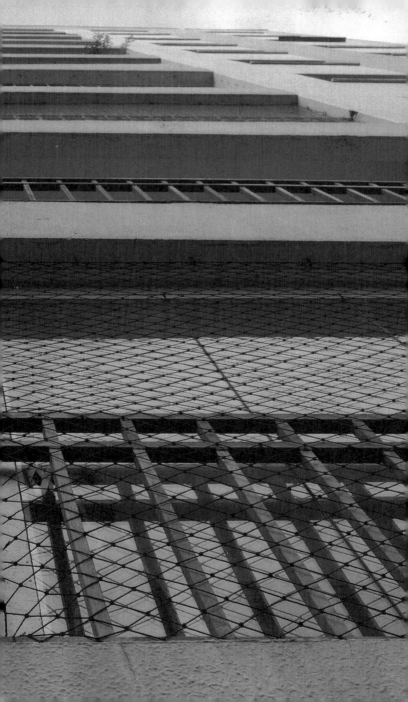

Edifício Ouroboros

Renato Tardivo

REFORMATÓRIO

Copyright © 2022 Renato Tardivo
Edifício Ouroboros © Editora Reformatório

Editor
Marcelo Nocelli

Revisão
Natália Souza
Marcelo Nocelli

Imagem de capa e miolo
Chrystian Figueiredo
@cfigueiredonarua

Design e editoração eletrônica
Negrito Produção Editorial

Dados Internacionais de Catalogação na Publicação (CIP)
Bibliotecária Juliana Farias Motta (CRB 7/5880)

Tardio, Renato
   Edifício Ouroboros / Renato Tardivo. – São Paulo: Reformatório, 2022.
   112 p.: 12 x 19 cm

   ISBN 978-65-88091-54-8

   1. Contos brasileiros. 1. Título.

T183e   CDD B869.3

Índices para catálogo sistemático:
1. Contos brasileiros
2. Literatura brasileira

Todos os direitos desta edição reservados à:

EDITORA REFORMATÓRIO
www.reformatorio.com.br

Ao André

Aleta, 11

Dona Rita, 19

Seu Mauro, 25

Dona Helena, 29

Seu Clóvis, 33

Dona Norma, 37

Miguel e Antônio, 41

Dona Daniela, 45

Lucky, 51

Seu Antenor, 55

Dona Ana, 65

Seu Jorge, 71

Dona Márcia, 77

Dona Regina, 81

Dona Elis, 87

Roberto, 93

Prudêncio, 97

Edifício Ouroboros, 101

Aleta

Aleta, Sarita e Maria de Fátima costumam se encontrar no fim do expediente, quando coincide de largarem no mesmo horário. O curioso é que, em vez de conversar sobre assuntos mais interessantes, elas trocam fofocas sobre os patrões. Talvez seja a forma que encontram de se desintoxicar do trabalho, para enfim cuidar da própria vida.

Maria de Fátima é diarista. Uma vez por semana, faz a limpeza nos apartamentos de dona Ana, de dona Regina e de seu Mauro. Sarita e Aleta trabalham diariamente nos apartamentos de dona Elis e de dona Helena, respectivamente.

Maria de Fátima conta sobre a reportagem que assistiu de rabo de olho, mas com os ouvidos bem abertos, enquanto lavava o banheiro de dona Ana. Marido e mulher levaram um salve em praça pública:

– Um homem, todo coberto, descia a vara no lombo deles, cem lambadas em cada um, vocês precisavam ver a cara de dor da mulher. E sabem qual foi o crime? O marido se deitou com outra. Até aí, tudo bem ele levar o salve. Mas a mulher, que foi traída, apanhar daquela forma... Que doideira, né?

Sarita pondera:

– Ai, amiga, tem uns países que são desse jeito mesmo, as leis funcionam de acordo com umas religiões diferentes. Uma vez, seu Jorge conversou comigo sobre isso, e nem sei, viu, se aqui no Brasil é tão diferente assim, a gente toma na cabeça o tempo inteiro...

– Pode até ser – continua Maria de Fátima – mas vocês precisavam ver era a cara da dona Ana acompanhando a notícia. Ela ficou na pontinha do sofá, esbugalhou os olhos, parecia um peixe morto. Enquanto eu limpava o mijo daquele filho folgado dela, eu pensava que, se fosse meu filho, dava uma surra de pau nele. Ela acha que passa o pano porque o pai dele morreu, mas, na real, quem passa o pano sou eu, né? – e ri da própria desgraça.

Sarita faz que sim com a cabeça.

Aleta não abre a boca.

– E eu que quase morro hoje – anuncia Sarita – vocês não acreditam no que vi. O seu Jorge passa o dia lá naquele quarto, pintando quadros, ele diz que é arte, parece até que ganha dinheiro com isso. Olha, se eu tivesse dinheiro, comprava qualquer coisa, menos aquilo ali. Mas eu passei pelo corredor, a porta estava aberta, virei para dar uma espiada, normal, né? E o seu Jorge não estava só pintando. Ele estava batendo punheta! Olha, estou rindo agora, mas na hora me deu o maior nervoso, gosto amargo na boca. Cheguei na sala, e dona Helena, como sempre, estava fechada naquele celular dela...

Aleta permanece em silêncio. Ela costuma falar menos que as colegas, mas hoje está ainda mais calada.

— Ei, Aleta, que bicho te mordeu, mulher? — pergunta Sarita.

— Deixa ela — intervém Maria de Fátima — tem dias que a gente não está pra palavra, né, Aleta?

Sarita volta a se dirigir à Maria de Fátima:

— Mas conta, Fátima, o que o seu Mauro faz toda quarta-feira com aquele monte de gente? O Roberto jura de pé junto que não sabe.

— Ai, mulher, já disse. Trabalho lá de quinta-feira. O homem não sai do quarto. Quando sai pra almoçar, eu entro lá rapidinho, limpo tudo, e ele volta a se trancar. Nunca vi nada suspeito, nenhuma pista, não sei.

— Sei — responde Sarita.

— Amanhã vou pra dona Regina — anuncia Maria de Fátima, mudando de assunto. — Hoje ela apareceu na tevê, vocês ficaram sabendo? Dona Ana estava vendo, mas mudou logo de canal, e foi aí que viu a reportagem do casal que levou o salve.

— Hum — diz Sarita, pensativa. — Falando em tevê, vocês estão sabendo que uma moça da televisão está morando aqui no prédio?

– E é? – surpreende-se Maria de Fátima, e volta ao assunto da reportagem com dona Regina – Amanhã trabalho na dona Regina, se ela estiver de bom humor, tento puxar prosa. Aliás, quem o Roberto diz que está sempre de bom-humor é seu Antenor, o velhinho do segundo andar, lá é que deve ser bom de trabalhar. Mas o Roberto falou que ele evita as pessoas. Vai ver por isso está sempre de bom-humor, né? – e ri.

Aleta continua quieta. Direta, como de costume, Sarita provoca:

– Ei, Aleta, você não caga nem sai da moita, mulher!

Maria de Fátima intercederia contemporizando novamente, mas uma mulher, aparentando desconforto, se aproxima delas:

– Boa tarde, licença. É aqui a área de serviço?

– É, sim – apressa-se Sarita. – Por quê?

– É que vim fazer uma entrevista de emprego.

– Ah, muito prazer, sou a Maria de Fátima, essa é a Sarita e essa a Aleta – diz a primeira, solidária.

Menos nervosa, a novata abre um sorriso tímido:

– Prazer. Alcedina.

– Prazer, Alcedina! – as três respondem em uníssono – e Aleta abre a boca pela primeira vez.

– Então caminhe por ali, tem que ser pela margem, senão a síndica reclama e aí seu emprego já era antes mesmo da entrevista, viu? Fala com o Roberto, o porteiro, ele que abriu para você entrar – orienta Maria de Fátima.

— Agradecida — retribui Alcedina, e toma o caminho indicado.

— Eu, hein? Que mulher esquisita! — dispara Sarita.

— Affe, Sarita, lá vai você implicando sem motivo — retruca Maria de Fátima.

A essa altura, Alcedina já encontrou Roberto. Ele foi atencioso, disse que dona Daniela é repórter de um jornal da tevê, o que deixou Alcedina ainda mais nervosa.

— Está dando sinal de ocupado — diz Roberto, após interfonar para o apartamento de dona Daniela. — Espera mais um pouco, ok?

Enquanto isso, as três colegas estão a ponto de tomar cada uma o seu rumo. Acontece que, súbito, Aleta abre a boca pela segunda vez:

— Não vou dar conta de guardar o segredo, mas peço que não contem pra ninguém.

Maria de Fátima franze a testa, parece que o esquema é grande, e quando o esquema é grande não se abre o bico, ela ouviu algumas vezes na casa de dona Regina. Sarita tenta disfarçar o sorriso malicioso:

— Anda, fala mulher!

— É que... Ai, misericórdia...

— Vai, desembucha!

— Calma, Sarita, deixa a Aleta falar — intercede Maria de Fátima.

Aleta deixa escapar:

— Hoje, pouco antes de dona Elis descer para a ginástica com o cachorrinho, eu vi, juro que vi, na hora que ela colocava a coleira nele, ai meu Deus...

— Anda mulher! — só falta Sarita pular no pescoço de Aleta.

Maria de Fátima também fica apreensiva.

— Ah, deixa pra lá, eu devo estar vendo coisa — finaliza Aleta.

— Eu, hein? — emenda Sarita, frustrada.

Maria de Fátima, então, diz para as duas:

— Até amanhã, bom descanso.

Roberto consegue contato com dona Daniela. Alcedina pode subir. Sarita, Maria de Fátima e Aleta, ao contrário do que supunham, não se libertarão para suas vidas. Ficarão ali. Cativas.

Dona Rita

Dona Rita desliga a tevê rangendo os dentes, está enfurecida. O interfone toca. Ela atende, o assunto lhe interessa, precisa se recompor:

— Mas é claro, Márcia! Não quer vir tomar um café?

— Não vou incomodar, Rita?

— Absolutamente.

— Então estou subindo.

— Olá, vamos entrando, faça o favor...

— Obrigada! Licença.

— Senta, Márcia. Sinta-se em casa. Não repare a bagunça.

— Imagina, Rita. Você não viu como está o meu apartamento...

— Ah, meu bem, mas você acabou de mudar, é assim mesmo.

— Isso é verdade. Como é cansativa a mudança!

— É, sim. Mas nada como o tempo, que trata de pôr tudo no lugar...

— Deus te ouça, Deus te ouça!

– Deixa eu passar um café fresquinho pra gente.

– Não quero incomodar...

– Ora, mas já disse que não incomoda!

– Café bem tirado... No ponto, Rita!

– Obrigada! Segredo de família...

– Sei. Mas, me diz, você não vai precisar mesmo da vaga?

– Vou nada! Fica aí, sem uso, um desperdício.

– Sei. É só você aqui?

– Quem dera, Márcia. Crio um sobrinho. Prudêncio... Na verdade, sobrinho do meu falecido marido. Os pais de Prudêncio morreram em um desastre de automóvel, o menino não tinha nem um ano. Nasceu tão pretinho, o pobre. Daí meu marido pegou pra criar. Daí também ele morreu. E daí já viu, né? Sobrou pra mim.

– Sei. E Prudêncio está com que idade?

– Acabou de fazer doze. Fase difícil. O tempo todo emburrado, testando a minha paciência, mas a rédea aqui é bem curta, viu? Por sinal, ele já deve estar chegando...

– Rita, eu fico até sem jeito de dizer...

– Fala, menina, não faça cerimônia! Somos vizinhas, separadas apenas por um andar!

– É que o valor, Rita, está um pouco salgado pra mim, sabe? Estou me organizando com as novas despesas. O divórcio, uma fortuna! E o condomínio, aqui, como é caro...

— Ah, nem fale, Márcia! Nem fale. Se soubesse o tanto que me aborreço com isso. Mas, olhe, se quer um conselho... Pague, viu? As coisas aqui funcionam. Isso eu posso garantir: funcionam!

— Sei.

— Mas, então, faça uma contraproposta...

— Eu fico até sem graça, Rita. É que meu carro está sem seguro e preciso muito da vaga...

— Diga, Márcia!

— Vou ser franca, Rita.

— Pois seja! Somos vizinhas!

— É... Hum... O máximo que consigo pagar, no momento, porque as coisas podem melhorar, vão melhorar...

— Isso mesmo, minha filha. Temos de pensar sempre pra frente!

— Sei. É...

— Fale, meu bem! Fale!

— É que agora eu só conseguiria arcar com um terço do que você está pedindo pela vaga...

— Isso são modos, Prudêncio! Vai chegando assim, sem nem cumprimentar! E que demora para subir! Anda cá conhecer dona Márcia, nossa mais nova vizinha.

— Que lindo nome! Prudêncio. Muito prazer! – ela diz, com ternura, sem deixar de notar a cicatriz na testa do menino.

— Oi – responde o menino, e dirigindo-se à tia – Agora posso ir pro quarto? Tenho lição de casa pra fazer.

— Ah, e desde quando deu pra fazer o dever, Prudêncio? Mas anda, vá, vá, que já nos acertamos, traste!

— Coisa boa, Rita! O menino é estudioso.

— Qual o quê! Um traste, Márcia, um traste! E notou como é mirrado? Quase não come. Mas cada qual carrega a sua cruz, não é? Aceita outro café?

— Obrigada, a esta hora já não posso... Mas e sobre a vaga? O valor?

— Essa vaga está aí, encalhada. Ao menos sei que estará em boas mãos. Somos vizinhas!

— Agradecida, Rita! Dia desses, desce para tomar um chá...

— Será um prazer!

— E aí... Quando as coisas melhorem um pouco, eu me organizar, a gente volta a conversar sobre o valor da vaga, está bem?

— Como quiser, Márcia. Mas não se aflija, por favor...

— Então já vou indo, que tenho muita tralha para desencaixotar.

— É cedo. Quem sabe não fica para a sopa? Hoje é de mandioquinha com fubá, receita da minha avó!

– Obrigada, Rita, fico honrada com o convite, mas vou encarar as caixas da mudança. Preciso conferir se eu não trouxe nada da minha ex-mulher – constrangida, dona Márcia faz uma pausa. – Quero dizer, preciso checar se tudo o que eu trouxe é realmente meu, entende? Mas, antes, vou pegar a chave do carro e guardar na vaga. Tudo anda tão perigoso, não é mesmo?

– Pois sim, Márcia. Nesse caso, até logo.

O tom de dona Rita muda drasticamente. Dona Márcia percebe e, enquanto caminha até a porta, ela nota, sobre a mesa, uma palmatória de madeira, com pequenos furos no centro compondo a imagem de uma cruz. Dona Rita se dá conta do desconcerto da vizinha e é tomada por uma cólera que não consegue dissimular. Despedem-se, sem afeto.

Quando entra no elevador, dona Márcia escuta o rastro de um grito: "Prudêeencio!". Ela salta no andar de baixo e, tão logo entra em casa, ouve com nitidez o estalar ritmado e seco da palmatória. Prudêncio aguenta o castigo em silêncio. A primeira reação de dona Márcia seria interfonar para a portaria, talvez acionar o Conselho Tutelar e reportar o ocorrido, mas sequer dá o primeiro passo e se lembra do acerto com dona Rita. O carro sem seguro, tudo tão perigoso por ali, e ela precisa tanto da vaga na garagem...

Seu Mauro

Seu Mauro mora sozinho no primeiro andar. Toda manhã ele desce, a cara ainda inchada, e caminha pelo quarteirão. Depois não sai mais. Uma vez por semana, sempre às quartas-feiras, ele recebe muitas visitas, que chegam e saem no intervalo de uma hora e meia, duas horas, no máximo. O que fazem ali é um mistério.

Embora recluso, seu Mauro goza de alguma fama no prédio – é o recordista em reclamações e abertura de ocorrências. Todos os sábados, a propósito, reclama da altura do volume com que seu Antenor, morador do segundo andar, ouve música. O hábito de reclamar de tudo e de todos quase gerou, algumas vezes, ocorrências contra ele próprio. Que sempre saiu ileso.

O apartamento de seu Mauro fica exatamente acima da sala de ginástica, e não é de hoje que o barulho dos alteres lançados ao chão, mas sobretudo os gemidos, gritinhos e bufadas dos ginastas, o tiram do sério. Agora mesmo, um barulho novo o importuna:

latidos esganiçados de um cachorro e gritos de uma mulher a vociferar, compulsivamente, a palavra "relho". Um absurdo. Descerá imediatamente e colocará um fim nisso.

Vence o lance de escada e, ao chegar no térreo, dá de cara com uma mulher que empunha a chave de um carro como se ostentasse um troféu. Ela ri para o vizinho e esboça uma saudação, mas, deliberadamente, ele a ignora.

Seu Mauro caminha até a sala de ginástica e surpreende-se com o que encontra. Outra mulher, empapada de suor, açoita o lombo de um cãozinho. Mordendo um caderno, o animal gira, sem sair do lugar. E uiva de dor.

– Bah! Eu avisei, Lucky, eu avisei! O relho, o relho, o reeeeelho!

Seu Mauro deixa-se esquecer ali sem esboçar reação, nem ser visto pela jovem senhora obstinada em castigar o animalzinho. É provável que alguns minutos tenham se passado quando, atordoado, ele decide retornar ao apartamento.

No trajeto até a escadaria, ele avista um carro ser estacionado em sua vaga na garagem. Absurdo! No dia seguinte, quarta-feira, boa parte de suas visitas precisará utilizar a vaga. Tomado por uma ira incontrolável, seu Mauro vai tirar satisfação. Então, reconhece, ao volante, a mulher com quem cruzou há pouco no térreo.

O homem perde as estribeiras e começa a esbravejar em um idioma próprio, incompreensível a quem quer que o ouça. Sua expressão tresloucada resulta em um contraste com a felicidade da mulher, que desce do carro como se tivesse enfim encontrado a própria casa. O seu lugar.

Ela mal tem tempo para se dar conta da aproximação bizarra daquele homem. Um estampido vindo da frente do prédio emudecerá a todos – inclusive o cãozinho açoitado.

Dona Helena

— Jorge! — dona Helena aproxima-se do quarto que o marido, artista plástico, transformou em ateliê.

— O que foi, Helena, você sabe que não gosto de ser incomodado enquanto estou pintando...

— Sim, Jorge, eu sei. É que estou aflita! Vi aqui da janela que Miguelinho está de novo com aquele menino afeminado.

— Deixa os meninos, Helena...

Seu Jorge desvia a atenção da mulher, porque encontra uma tonalidade incrível, com toques de salmão e ocre. Mas logo emenda:

— O pai do menino morreu, deve ser falta de referência masculina, nada além isso.

— Ai, Jorge, mas eu tenho medo, fico aflita! Nosso Miguelinho é tão influenciável...

Seu Jorge não enxota a mulher da porta do quarto, mas deixa de dar por sua presença. Concentra-se no trabalho, uma encomenda de um cliente importante, um homem que frequenta a alta sociedade, o Rotary, vai semanalmente ao Jockey fazer apostas, recebe pessoas influentes em sua casa.

Mas dona Helena não arreda pé. Saca o celular do bolso da calça e, após deslizar o dedo na tela, dispara:

— É ela, Daniela Gismontini!

Seu Jorge dá um salto, por pouco não esbarra o pincel no quadro e estraga tudo.

— Por favor, Helena, você quase me fez perder dias de trabalho!

— Você só pensa no seu trabalho, Jorge. Miguelinho não vem em primeiro lugar para você?

— E o que há com Miguelinho, Helena?

— Ai, Jorge, e já não falei? Anda pra cima e pra baixo com aquele menino afeminado.

— Helena... Helena... Deixa os meninos.

— Olha aqui, Jorge — dona Helena vira a tela do celular para ele — a tal repórter da televisão, Daniela Gismontini, aquela que o Roberto falou que está morando aqui no prédio...

Seu Jorge desvia o olhar do quadro pela primeira vez desde que a mulher surgiu, deixa os óculos redondos de aros finos escorregarem pelo nariz e espia a foto.

— Bonita a moça, Helena, lembra você quando jovem — ele diz, mais para provocar, quem sabe não o deixa em paz.

Mas dona Helena não se faz de rogada. Está mesmo preocupada com o filho, o seu Miguelinho.

– Pois então, uma moça linda, prendada, inteligente – emenda a mulher.

– Pode ser, mas e daí, Helena?

– Vai me dizer que ainda não entendeu, Jorge?

– Não, Helena, e se não percebeu estou muito ocupado no momento.

– Jorgeee! Dê cá uma espiada no feed dessa moça – e oferece o celular ao marido.

– Já disse, Helena, a moça é bonita.

– Pois então, Jorge, vamos apresentá-la ao nosso Miguelinho! Podemos chamá-la para um jantar, damos uma de suas telas de presente, apenas um pretexto, claro. Mandamos Aleta preparar aquele bolo de carne, o Miguelinho presente – óbvio! – e, com os hormônios à flor da pele, ele irá se interessar, estou certa disso, sou mãe, Jorge, sei do que estou falando. Vou interfonar para ela agora mesmo, está bem?

Sem atinar para o que a mulher diz, seu Jorge dá três passos para trás, tira os óculos e admira a obra concluída:

– Voilà! Incrível, admirável! – exulta-se o artista, e solta um uivo de alívio.

Dona Helena não está mais ali.

SILÊNCIO APÓS
ÀS 22:00 HORAS

Seu Clóvis

— Simão, não vai dar pé. 15% é o piso deles. Acho que a gente tem que fechar.

— ...

— Positivo, Simão. Amanhã batemos o martelo na Secretaria.

— ...

— Também para você e para a Aurora.

— ...

— Positivo, até logo, Simão.

— ...

— Tá bem, até logo.

— ...

— Tchau, tchau.

Seu Clóvis retorna à cozinha. Tinha acabado de despejar o alho, que socou no pilão junto à cebola, quando Simão telefonou. Precisou atender, o esquema é grande. Mas agora volta a se dedicar ao jantar que está preparando para a esposa, que aos outros chama de "patroa", e, quando fala diretamente com ela, de "vida". Arroz de polvo, o prato preferido de dona Regina.

Poucas horas mais cedo, a patroa, que é delegada da Polícia Civil, comandou uma operação importante, e seu Clóvis sequer sabia. Dona Regina leva a ferro e fogo a confidencialidade que essas operações demandam, mesmo em relação ao marido. Seu Clóvis soube da notícia pela internet e, na sequência, ligou a tevê. Ele é engenheiro civil e está em um momento da carreira em que pode se dar ao luxo de decidir quando irá ao escritório, cuja sociedade divide com o Simão e o Tavares.

Acontece que, ao ligar a tevê e assistir à patroa escoltando o secretário de Estado, Clóvis parecia assistir a um filme erótico. Teve uma ereção súbita. As pernas bem torneadas da mulher na calça preta, o sapato vermelho, até o cheiro dela seu Clóvis podia sentir. Fraquejou: ajoelhou-se diante da tela e começou a se masturbar. Quando percebeu que chegaria lá, a repórter que narrava os fatos devolveu a transmissão para o estúdio. Seu Clóvis gozou na cara do âncora, um homem de meia-idade, porte atlético. De pronto, ele limpou a sujeira. Primeiro a televisão, com pano e álcool. Depois, tomou um banho.

Antes de vestir o avental e retomar o preparo do jantar, seu Clóvis abriu a maleta com os apetrechos íntimos que o casal mantém na gaveta fechada à chave e despejou alguns deles sobre a cama: a cinta-pau, a coleira cravejada de rebites, prendedores de mamilos e um chicotinho.

– Hoje vai ser do caralho! E o Simão reclamando dos 15%... O Simão que se foda! – seu Clóvis deixa escapar, enquanto mistura o polvo ao arroz, o pau duro desenhando um relevo no avental.

Não demora para dona Regina chegar; imponente, como de costume. Após uma breve saudação, seu Clóvis a parabeniza pela operação. Tem ganas de rastejar até ela, lustrar seu sapato vermelho com a língua, chupar cada um dos dedos dos seus pés... Mas percebe que hoje a patroa está em outra frequência.

"O AMBIENTE ESTÁ
SENDO FILMADO.
AS IMAGENS GRAVADAS
SÃO CONFIDENCIAIS
PROTEGIDAS, NOS
TERMOS DA LEI."

LEI MUNICIPAL Nº 13.541 DE 24/03/

PROIBI
FUMA

Lei nº 9294 de

"ATENÇÃO"

"Para evitar acidentes neste elevador, observe o cumprimento das seguintes

01 - O número de passageiros ou quantidade transportados no elevador não ultrapassar os limites indicados pelo fab

02 - Os menores de doze anos não podem no elevador desacompanhados. À não tem altura ou discernimento para acionar o botão de alarme caso de emergência.

03 - Só pessoas ou empresas credenciadas os reparos do elevador.

04 - O relatório de Inspeção Anual (RIA) empresa que faz a manutenção deve ser afixado no quadro de aviso O proprietário do aparelho de transporte fornecer anualmente o referido relatório

Lei Municipal nº 13.761 de 04/11/

h, hot news

Agropecuária recuou 0,9% no trimestre deste ano, informa I

ATENÇÃO

Este Condomínio
a denunciar ocor
ocorrência de vio
familiar, verifica
dependências
contra mulheres, c
pessoa com def

DISQUE
180 ou 190

🕐 14:46

Dona Norma

A encomenda chegou. Ai, meu Deus, prometeram para quarta-feira, veio um dia antes. Tomara que a confidencialidade prometida seja cumprida. Eu não conseguiria mais olhar na cara do Roberto. Desço. "A senhora não quer mesmo ajuda, dona Norma? A caixa é pesada..." "Não, não, obrigada, Roberto. Deixa que eu subo com ele... Quer dizer, com a caixa." Roberto desfere uma piscadela. Será que ele percebeu alguma coisa? Ai, meu Deus, que vergonha! Vou abrir na sala ou no quarto? Se fizer barulho, podem escutar do hall. Mas não sei se quero recebê-lo no quarto. Sala ou quarto? Começo a abrir a caixa de papelão, vedada com uma fita adesiva, na sala mesmo. Vejo primeiro o cabelinho. Ai, que fofo! Faz calor, vou logo tirando a blusa, e me dou conta de que estou sem sutiã. Será que o Roberto notou que eu estava sem sutiã? Ai, que vergonha! Tiro a cabeça. Além do cabelinho, ele tem um bigode cerrado, como eu pedi. Ai, que másculo! As peças estão embaladas em um plástico grosso. Encaro a cabeça fechada no plástico, penso que ele está com falta de ar. Ai, que tesão! Vou atrás do resto, tronco, membros. Rasgo o plástico à unha e disponho todos os pedaços do Homer – decidi o nome agora – sobre o tapete. Pelo QR-code tatuado na bunda dele, acesso o manual. Não tenho trabalho para montar o corpo. A bateria de lítio, acoplada à sola do pé esquerdo, vem com carga suficiente para o primeiro uso, leio no manual. Deixo-o apoiado no sofá e caminho até o banheiro. Solto o cabelo, tiro o short. Volto para sala só de calcinha. Vou até a cozinha, encho um copo com água. Abro o compartimento localizado nas costas do Homer e despejo a água. Pressiono a tecla on no controle remoto. Clico em spitting. Ofereço meu cangote para o Homer. Percebo o início de uma ereção. O display do controle pisca para que eu selecione: estômago vazio, café, cigarro, macarrão, hambúguer. Li no manual que posso personalizar uma infinidade de opções, esses são apenas os presets de fábrica. Nada mal, eu penso, e sem hesitar clico em cigarro. Ato contínuo, Homer desfere uma cusparada em meu olho. Seu pau já está bem duro. Eu arrio a calcinha e me aproximo. Homer cospe novamente, agora na minha boca. A saliva com gosto de cigarro me excita. Deixo que ele me toque com os dedos e, em seguida, me penetre. Eu gemo, sem mais me importar com o barulho. Enquanto soca com gosto, Homer volta a me desferir uma série de cusparadas – no rosto, na barriga, no cabelo. Daí eu seleciono pelo controle remoto a função faceslapping. Mas, antes que Homer possa desferir um tapa na minha cara, eu seguro o seu braço. Com a mão pesada, sou eu quem deixa um vergão no rosto dele. Sem parar de meter, ele leva as mãos para trás e, com a voz metalizada, me pede mais, mais, mais. O calor me invade toda, eu vou gozar, Homer não para de pedir mais, mais, mais. Eu bato na cara dele com a palma e o dorso da mão e, quando sou tomada por uma coceira insuportável, o interfone toca. Ai, que vergonha! Removo o Homer de dentro de mim, limpo o rosto com papel toalha, atendo o interfone. "Dona Norma, vou largar mais cedo hoje. Posso fumar três cigarros, para ficar como a senhora gosta, e subir." Solto o papel toalha melado, olho para o Homer, sinto o suco espesso escorrer por minhas pernas. Hesito por alguns segundos. E disparo: "Não, Roberto, não precisa vir hoje". Ele faz silêncio e, antes que possa dizer alguma coisa, eu emendo: "Nem hoje, nem nunca mais, está bem, Roberto?". Mal desligo o interfone, volto para a sala e pego no sono, de conchinha com o Homer.

Miguel e Antônio

– Véi, essa coroa é gostosa pra porra, né não?
– Real.
– E a merda desse cachorrinho que tá com ela, véi?
– Real.
– Qual vai ser a de hoje? Churrasqueira de novo?
– Real.
– Então demorou, véi.

Miguel tem catorze anos. Enquanto responde repetidamente "Real" para Antônio, de quinze, ele não tira os olhos do corpo suado da mulher que se exercita na sala de ginástica. Seu pau fica duro e, como é um rapaz franzino, tem dificuldade para disfarçar: o pau salta das pernas, inflando a bermuda xadrez de listras laranjas e azuis. Mas é o tique que Miguel faz nessas ocasiões – jogar a franja loura de um lado para o outro – que o denuncia a Antônio.

– Pô, véi, já? Hoje vai ser daora!
– Real – responde Miguel, dessa vez meio sem jeito.
– Deixa disso, man, bora.

41

Miguel segue Antônio, que busca um ponto cego, para não serem pegos por uma câmera de segurança. Eles se acocoram atrás da churrasqueira, onde se lê, feita por caneta hidrográfica, a inscrição: "Só vive para sempre a morte".

— Quem escreveu isso, man? — pergunta Antônio.

Miguel não responde — segue meneando a franja de um lado para o outro. Ato contínuo, eles se roçam, escorados na parede, e Antônio vai logo procurando o pau do amigo.

— Bah, guri, olha o relho! — eles escutam o grito da mulher vindo da academia.

Miguel balança desenfreadamente a franja, e Antônio continua masturbando o amigo com vontade.

— Eu vou gozar, man — Miguel deixa escapar.

— De boa, véi, quero ver sua porra jorrar.

Enquanto diz isso ao amigo — e sem parar de masturbá-lo —, Antônio passa a tocar o próprio pau. Miguel ejacula um líquido transparente, mas é o movimento da sua franja o que mais excita Antônio, e não tarda para ele também gozar. Sua porra é mais espessa e opaca, o que chama a atenção de Miguel.

— Do carái essa Ralph Lauren, véi. Comprou onde? — pergunta Antônio, enquanto raspa a mão nos tijolos da churrasqueira.

— Naquele outlet na entrada da cidade que te falei, minha mãe parcelou, a gente levou uma pá delas, man.

– Top, mas eu prefiro Lacoste – Antônio faz uma pausa melancólica, e continua – meu pai usava, tá ligado? Então eu me lembro dele, saca?

Miguel quase fica triste pelo amigo, mas um vento forte chicoteia um arbusto e chama a atenção deles. Miguel e Antônio avistam um menino camuflado entre as folhas.

– Carái, o que o pretinho da testa marcada tá fazendo aqui, véi? – Antônio pergunta a Miguel, referindo-se à cicatriz na testa do menino – e acrescenta – bora fazer um bate saco nele?

– Ei, o que você tá fazendo aí, moleque? – e agora quem pergunta é Miguel, dirigindo-se ao menino esgueirado no arbusto.

– Vaza, pirralho, vaza daqui! – ordena Antônio.

Cabisbaixo, o menino chispa dali.

Miguel e Antônio riem, riem muito, riem de se mijar.

Dona Daniela

Dona Daniela tem aproveitado para deixar o apartamento com a sua cara. Pregou um olho grego na porta, pendurou um sino dos ventos na janela e um filtro dos sonhos no corredor. Considera pintar de vermelho a parede da sala.

Ela trabalha como repórter de telejornal. Jovem, bonita e talentosa, sua carreira vai de vento em popa. Tanto que, dias atrás, deixou a casa confortável dos pais para morar sozinha. Alugou esse apartamento mobiliado e, por ora, o que mais gostou no prédio foi do porteiro, que, se já não bastasse toda a cortesia, ainda espalha aos moradores, sempre que tem chance, que a moça da tevê agora mora ali. Dona Daniela adora essa sensação de estranha familiaridade que as pessoas desconhecidas estabelecem com ela.

Como estava de plantão no último fim de semana, ela folgou hoje. E, por causa disso, está bem contrariada. É que teria participado de uma cobertura importante: a operação que culminou na prisão de um secretário de Estado.

Quando soube da operação pela internet, ligou a tevê e acompanhou ao vivo com inveja da colega que a substituiu. A delegada dando voz de prisão ao secretário, o homem de ombros arqueados, os dois entrando em um carro preto, o carro com sua colega no encalço deles, imagens do helicóptero da emissora varrendo o cortejo, o empurra-empurra na chegada à penitenciária. Que merda, tinha que ser hoje?! Mas isso foi mais cedo. Dona Daniela já maldisse a colega o suficiente: o mau gosto do figurino, a voz emitida aos soquinhos, o nervosismo escancarado. Por WhatsApp, o editor avisou que, a partir de amanhã, ela assume a cobertura. Menos mal.

Nesse instante, dona Daniela divide-se entre as duas atividades de que se ocupa quando não está trabalhando: assistir obsessivamente a si mesma no vídeo à procura de algo a aprimorar – o entrosamento com o cinegrafista, a empostação de voz, a fluidez na fala e – o que não pode negar – como se mostrar ainda mais atraente na tela. Para exercitar o potencial de sedução, dona Daniela tem mais liberdade na segunda atividade de qual se ocupa quando não está no trabalho: sua conta no Instagram. Lá, faz caras e bocas, abusa dos decotes, posta fotos dos pés, das pernas mergulhadas em piscinas, tira as mais variadas selfies e ainda abre caixinhas para perguntas nos stories.

Acontece que, diferente de suas colegas, dona Daniela não teme as aproximações abusivas que chegam via direct. Ao contrário, ela as deseja. Mas isso não revela a ninguém. Vez ou outra, dissimulando indignação, escreve postagens denunciando as aproximações indecentes que recebe, que suas colegas recebem, brada que isso precisa acabar.

Dona Daniela acumula pouco mais de 5000 seguidores no Instagram. É pouco. Por isso, ela vem buscando estratégias que tornem o seu perfil mais conhecido. Em função das pessoas com quem tem o privilégio de conviver na emissora, dona Daniela descobriu que existem empresas especializadas nisso, e, confiando no sigilo profissional que prometem, contratou uma delas.

Como garantiram retorno imediato – trabalham com os melhores robôs do mercado –, dona Daniela passou a tarde contabilizando os novos seguidores. Mesmo enquanto assistia à reportagem da prisão do secretário ou aos seus próprios vídeos, não tirou o olho do Instagram. Mais de 100 novos seguidores em algumas horas é realmente um número expressivo. Imagina se tivesse feito o ao vivo com a prisão do secretário, seria top!

Enquanto conjectura a inflação no número de seguidores, dona Daniela recebe uma mensagem de @delegadareginapc no direct: "oi, pensei q responderia uma pergunta sua hj. pena não te ver lá. bjokas". Ela toma um susto – lembra-se da reportagem da tarde e reconhece a foto. É a delegada que prendeu o secretário...

Dona Daniela a adiciona de volta. Amanhã o dia será promissor, agarro essa cobertura com os dentes, ela promete para si mesma, enquanto contempla a tatuagem entre os seus seios: uma serpente abocanhando o próprio rabo.

O interfone toca.

Lucky

Não sei se está gostoso ou está doendo. Não adiantaria saber. Nada mudaria. Mamis sempre faz isso, eu gostando ou não. Na dúvida, eu grito. E grudo a fuça no sofá. Eu gosto do cheiro de couro. Já passou. Mamis foi embora. Eu vou para o chão. Eu choro. Acho que eu estava gostando. Quero mamis. Sinto o cheiro dos pés da mamis. Mamis voltou. Eu grudo nos pés da mamis. Eu me enredo no cadarço do tênis da mamis. Mamis quase me acerta um chute. Mamis foi embora. Eu choro. Sinto o cheiro dos pés da mamis. Mamis voltou. Sinto cheiro de couro. Mamis traz a minha coleira. Mamis vai me bater. Ofereço o lombo para o golpe. Que não vem. Mamis me enlaça. Mamis me puxa. Eu sigo colado aos pés da mamis. Eu estou feliz. Giro. Giro. Giro. Giro sem sair do lugar. Eu quero morder meu rabo. Mamis grita. Mamis me levanta. Mamis me puxa. Eu mordo o cadarço do tênis da mamis. Mamis fala com alguém. Eu rosno. Eu sigo colado aos pés da mamis. Eu mordo o tênis da mamis. Mamis grita. Eu sinto cheiro de couro. Lambo. Eu sinto cheiro de papel. Mordo. Eu sinto cheiro de tinta. Mamis grita. Mamis me puxa com força. Mamis foi embora. Eu quero ir embora. Giro. Giro. Giro. Giro sem sair do lugar. Eu estou preso. Eu sinto cheiro de couro. Eu sinto cheiro de papel. Eu sinto cheiro de tinta. Eu choro. Começo a gritar. Quero a mamis. Giro. Giro. Giro. Giro sem sair do lugar. Eu quero morder meu rabo. Mamis grita. Mamis grita muito. Eu quero ir embora. Eu estou preso. Eu sinto cheiro de couro. Eu sinto cheiro de papel. Eu sinto cheiro de tinta. Não sei se está gostoso ou está doendo. Não adiantaria saber. Nada mudaria. Mamis sempre faz isso, eu gostando ou não. Na dúvida, eu grito. E grudo a fuça no chão. Eu choro. Acho que está doendo. Está doendo. Está doendo muito. Giro. Giro. Giro. Giro sem sair do lugar. Eu quero morder meu rabo. Mamis grita. Eu quero ir embora. Eu sinto cheiro de couro. Eu sinto cheiro de papel. Eu sinto cheiro de tinta. Eu mijo no papel. Eu lambo a tinta diluída no mijo. Mamis grita. Eu choro. Não sei se está gostoso ou está doendo. Eu choro. Choro. Giro. Giro. Eu gosto quando a mamis tira os tênis. Ela me leva pra passear. Eu giro. Giro. Giro sem sair do lugar. Eu quero morder meu rabo.

Seu Antenor

Semana passada, apareceram na portaria duas moças:

— Boa tarde, eu sou a Camila e essa é minha amiga Luísa. Somos estudantes de Psicologia. Estamos fazendo um trabalho sobre histórias contadas por velhos — e Roberto não achou a palavra "velhos" de bom tom.

— Boa tarde, mas eu ainda não estou velho, pelo menos não acho que estou — disse Roberto, prestes a desligar.

— Lóogico! — respondeu Camila, a tempo de o porteiro ouvir — A gente quer saber se mora algum velho aqui no prédio, homem ou mulher, tanto faz, mas tem que ser velhinho, saca? Precisamos de histórias contadas por velhos aqui do bairro...

Roberto estava a ponto de bater o interfone na cara delas, que falta de respeito chamar os outros assim, velho... Mas, valendo-se da gentileza de sempre, respondeu:

— Tem, sim. O seu Antenor. Mas agora ele deve estar descansando. Mais tarde, eu falo com ele. Voltem amanhã.

– Lóogico! – e as duas saíram saltitantes com suas sandálias rasteirinhas e saias indianas.

Quando, horas depois, Roberto interfonou para seu Antenor e lhe informou sobre o ocorrido, a primeira reação deste foi dizer que não estava disponível. Conversava muito pouco ultimamente e, além do mais, sua memória, que já não era boa, andava péssima desde que passou a tomar um remedinho para dormir:

– Mas ponha bem sentido, Roberto, eu abro mão da minha memória por essas duas horas a mais de sono...

– Perfeitamente, seu Antenor. E pode deixar que darei o recado para as moças.

Não se passaram nem quinze minutos, seu Antenor interfonou:

– Portaria, boa tarde?

– Sou eu, Roberto, Antenor.

– Diga, seu Antenor.

– Sabe o que é, Roberto, considerei aqui melhor o pedido de suas meninas...

– Não são minhas meninas, seu Antenor.

– Sim, sim, eu sei, você entendeu, Roberto. Considerei aqui melhor o pedido de suas meninas e mudei de opinião. Estou de acordo em recebê-las. Faça chegar a elas, por obséquio, meu correio eletrônico. Você tem aí no cadastro. Prefiro começar a conversa dessa forma.

– Perfeitamente, seu Antenor. Elas ficarão contentes.

– Ok, ok, Roberto.

– Perfeitamente, seu Antenor, boa tarde para o senhor.

– Ah, sim, Roberto, só mais uma coisa.

– Diga, seu Antenor.

– Eram garbosas, as moças?

– Gar... o quê, seu Antenor?

– Garbosas... Bonitas, Roberto. Eram bonitas?

– Olha, seu Antenor, daqui da portaria não deu para ver direito, mas feias não eram, isso eu posso garantir para o senhor.

– Ok, Roberto, boa tarde!

– Boa tarde, seu Antenor!

As moças voltaram no dia seguinte, Roberto deu a boa-nova e deixou com elas o e-mail do seu Antenor. Elas agradeceram e, ainda da rua, redigiram juntas a mensagem pelo celular de Camila. Basicamente as mesmas palavras ditas a Roberto no dia anterior, acrescentando o nome da instituição em que estudavam e mencionando um termo de consentimento. Seu Antenor respondeu minutos depois. As estudantes viram em sua agilidade um bom sinal. Agradeceram. A entrevista foi agendada para a semana seguinte.

Camila e Luísa chegaram no meio da tarde de hoje, e ainda estão na sala de seu Antenor, entusiasmadíssimas com as histórias que ele está contando do tempo em que morava no interior, de onde saiu em busca de melhores oportunidades. As brigas no grupo escolar, os banhos de cachoeira, as farras após as missas.

E, aqui, além das melhores oportunidades de trabalho, seu Antenor conheceu Dorothéia, com quem se casou. Por opção de ambos, não tiveram filhos. As histórias com sua "eterna namorada", como se refere a ela, também capturam as estudantes.

Camila, que à época do vestibular estava em dúvida se cursava Psicologia ou Cinema, escuta o relato de seu Antenor pensando no roteiro de um filme. Os passeios de trem até a praia, os jantares românticos durante a semana, a caxeta sagrada às sextas-feiras... Um filme com fotografia sépia, devido à atmosfera nostálgica, mas uma história feliz.

Elas registram cada detalhe. Suas memórias ainda estão bem preservadas, graças às estruturas cerebrais molinhas, conforme assegura uma de suas professoras, mas, para não perderem nada, elas também contam com o gravador do celular. Foi esse o motivo da necessidade de seu Antenor assinar o termo de consentimento. Seu anonimato seria mantido, mas suas histórias seriam aproveitadas para um trabalho de faculdade, quem sabe até não poderia virar um artigo científico, mas isso dependeria da avaliação da professora.

Acontece que, nesse ponto, seu Antenor pensou que deveria caprichar, não queria prejudicar as moças. E caprichar, para ele, era contar histórias bonitas, engraçadas, coloridas. Luísa, reservada até então, com a escuta mais sensível que a de Camila, atentou-se a isso. Seu Antenor volta da cozinha com a segunda garrafa de refrigerante, que comprou especialmente para recebê-las, quando, para a surpresa da própria colega, é interpelado por Luísa:

– Interessante, seu Antenor. A riqueza de detalhes de suas histórias chama muito a atenção...

– E isso com o remedinho para dormir que mencionei a vocês, ponham bem sentido – ele emenda, enquanto enche os copos.

– Sim, sim – continua Luísa –, mas sabe o que chama ainda mais atenção, seu Antenor?

– Pois diga, filha.

Camila empalidece.

– O fato de o senhor não ter nos contado nenhuma história triste. Mesmo quando relatou a doença e o falecimento de dona Dorothéia, o senhor parece ter feito questão de salientar os aspectos positivos: os ganhos que poderiam advir de uma vida solitária, a introspecção, o tempo para a leitura, as músicas que o senhor escuta aos sábados de manhã...

– Ora, Luísa... É Luísa o seu nome, sim?

– Aham.

— Pois então, Luísa, como diz a máxima, ficam sempre as boas lembranças!

— Sei, seu Antenor, mas veja só. O senhor disse que perdeu os pais muito cedo e foi criado pelos tios, que, embora fossem pessoas de posses, não lhe ofereceram as melhores oportunidades, tanto que senhor veio para cá.

— Sim, mas observe por outro ponto de vista. Tivesse eu ficado no interior, não conheceria Dorothéia, minha eterna namorada...

— Compreendo — continua Luísa, enquanto Camila vira o copo de refrigerante a goladas — e é justamente esse aspecto que estou levando em consideração. O senhor não precisa ficar só nas boas lembranças, se a preocupação é com o nosso trabalho. Também estamos interessadas nas histórias tristes, não estamos, Camila?

— Sim, sim, estamos, lóogico — responde a amiga, após quase engasgar com o refrigerante.

— Olha, meninas, talvez vocês ainda sejam muito jovens para compreender que há situações que convêm esquecer. Mas, serei franco. Admito que, além dos frequentes lapsos de memória que mencionei, elegi aqui, entre as lembranças preservadas, as mais bonitas, com a intenção de adornar vosso trabalho. Mas se vocês insistem...

Luísa se inclina na direção dele, demonstrando interesse, e até Camila está convencida de que estão prestes a encontrar um material valioso. Seu Antenor respira fundo. Com a voz mais pausada e em tom menor, ele diz:

— Meu tio era um próspero comerciante. Veio ainda novo de Portugal para o Brasil, onde conheceu minha tia. Tiveram dois filhos e, quando eu fiz quatro anos, passaram também a me criar.

Camila confere se o gravador está ok.

— Eles não tinham obrigação, decerto. Entendo que já tinham feito muito ao me oferecer cama, teto, comida. Mas o tratamento que davam aos meus primos, seus filhos legítimos, era notadamente distinto do que davam a mim. Um exemplo: eu era colocado para trabalhar atrás do balcão da loja, o tornozelo amarrado por um barbante para não ceder à tentação de acompanhar as outras crianças, entre elas meus primos, que brincavam livres pela rua. Isso para não falar nas tundas de vara verde que levava da minha tia caso cometesse algum erro nas contas, e, paradoxalmente, se o erro fosse em favor da loja, eu apanhava dobrado. As lambadas eram nas pernas, para que os vergões ficassem à mostra. A exposição era a pior parte do castigo.

Os três fazem um breve silêncio. Luísa, uma vez mais, após pensar um pouco, é quem toma a palavra:

— Está aí uma lembrança triste, seu Antenor. E não deixa de ser bonito que, apesar disso, o senhor tenha se refeito em outra cidade, construído um casamento bonito, não acha?

— Sim, sim, como disse, são águas passadas. Afinal, só vive para sempre a morte...

Luísa e Camila trocam olhares. O roteiro vai ganhando em densidade, talvez uma fotografia mais granulada.

— Mas, olhem, eu ainda não contei tudo — seu Antenor apoia as mãos nos joelhos, encurva a postura, fica em silêncio.

Passam alguns segundos, Luísa intercede:

— Tranquilo, seu Antenor, no seu tempo.

Quando seu Antenor enfim toma ar e está prestes a prosseguir, algo os sobressalta. Não há tempo para mais nada.

Dona Ana

Dona Ana passa as tardes dividida entre a televisão e a preocupação com Antônio, seu filho. Graças à pensão que o marido deixou, ela mantém o filho único, hoje com quinze anos, em uma boa escola, veste-o com roupas de grife e o alimenta bem. No entanto, dona Ana teme sua falta de comprometimento com os estudos e, já não bastasse isso, agora Antônio deu para andar com um amigo do prédio cujos pais ela não conhece bem, mas parece que são artistas, gente esquisita.

Zapeando a televisão, dona Ana vê, de relance, dona Regina, sua vizinha, dando voz de prisão a um secretário do governo. Mas ela não dá muita importância para esse tipo de notícia e muda de canal. No outro telejornal, uma apresentadora anuncia:

— Na Indonésia, um homem e uma mulher receberam 100 chibatadas cada um em praça pública. O homem porque traiu a esposa; a mulher, porque foi traída pelo marido. O casal aguentou em silêncio os golpes aplicados pelo carrasco, enquanto os presentes filmavam com seus aparelhos celulares.

Maria de Fátima, a diarista, interrompe a limpeza do lavabo e estica o pescoço para acompanhar a reportagem. A mulher ajoelhada, a vara estalando em suas costas e a expressão de dor fazem um frio na espinha atravessar as costas de Maria de Fátima.

Dona Ana, que não percebe o interesse da funcionária, acha a história estranha. Como pode tamanha barbaridade – uma mulher ser açoitada por ser traída? Ela pensa em mandar uma mensagem para o WhatsApp de dona Rita, a síndica do prédio com quem mantém ótimas relações, para saber a opinião dela, mas algo a demove da ideia. Quem sabe seu Antenor, viúvo como ela, não teria uma opinião ponderada? No entanto, ela tampouco o procura. Guarda o incômodo para si.

Hoje faz cinco anos que seu Rubens, o marido, faleceu. Às vezes, dona Ana prefere o verbo "desapareceu", mas acha que fica vago demais. "Morreu" é muito direto. "Fez a passagem", ela também costuma usar. Mas normalmente vai de "faleceu" mesmo, até nas ocasiões em que conversa com o filho, que cada vez mais pergunta sobre o pai.

Seu Rubens, recém-aposentado à época, faleceu em um fim de tarde, repentinamente. Ele teria vindo da rua e, ao entrar em casa, pediu à mulher um café, sentou-se no sofá, esperou com a paciência de sempre e, ao dar o primeiro gole na bebida fumegante, apagou – este verbo, "apagar", dona Ana nunca usa. Infarto fulminante, constatou a necropsia. Antônio, então com dez anos, estava na escola no momento em que o pai morreu, e, mais pela idade que pela ausência, não entendeu direito o ocorrido.

Dona Ana desesperou-se quando o marido faleceu. Como criaria o filho sozinha? Dinheiro não seria problema, disso ela sabia. Mas e a companhia? A referência masculina?

Seu Rubens era boa praça, figura querida por todos. Não foi de estranhar, portanto, que seu funeral estivesse abarrotado de gente. Dona Ana vestiu um xale preto por cima de uma camisa simples, também preta. O pequeno Antônio, ela vestiu com uma camisa polo que ele ganhara do pai no último Dia das Crianças. Os dois ficaram abraçados ao pé do caixão.

Mas quem roubou a cena mesmo foi dona Norma, a solteirona do 72. Sem se preocupar em disfarçar, ela se derramou sobre o caixão, na altura do rosto do morto, e chorou litros. Diante da cena, dona Rita veio rapidamente em socorro de dona Ana e, abraçando-a, sussurrou algo em seu ouvido. O sorriso de canto de boca de dona Rita apenas seu Rubens conseguiria ver, mas ele já era então um pedaço de carne inerte, prestes a apodrecer. Então, embora impactada com a passagem repentina de seu Rubens, dona Ana compreendeu, naquele dia, uma série de coisas, como se enfim concluísse um quebra-cabeça que há anos tentava montar.

Dona Norma ficou falada no prédio e, agora, lembrando das imagens do casal açoitado na reportagem, dona Ana imagina com gosto seu Rubens e dona Norma sendo punidos com chibatadas no salão de festas do condomínio pelas mãos austeras de dona Rita, para o deleite dos demais moradores, que fariam vídeos e postariam em suas redes sociais.

Não há dia em que dona Ana não remoa as lembranças do velório, o quebra-cabeça invisível pendurado na parede da sala. Dentro em pouco, ela se levantará do sofá para preparar a sopa de Antônio, que não demorará a subir.

Seu Jorge

Seu Jorge enfim realizou um sonho da juventude, o sonho de toda uma vida: viver da própria arte. Mas não foi assim, de uma hora para outra. Aos vinte e dois anos, tão logo concluída a graduação em Belas-Artes, tendo de ganhar o pão de cada dia – e, cá entre nós, seu Jorge jamais se contentaria com uma vida de privações –, ele passou em um concurso público para trabalhar em um banco. Oito horas por dia, cinco dias por semana, um mês de férias por ano, as oito horas que, a depender do humor da chefe, poderiam ser seis, porque assim, também ela, a chefe, faria seis horas. Havia ainda os benefícios – recessos, estabilidade, reajustes, quinquênios, licença-prêmio, aposentadoria integral e vitalícia; enfim, outros tempos. E esses outros tempos findaram no ano passado.

Se ao longo das últimas três décadas seu Jorge reservava à pintura os momentos do dia em que não estava no banco, agora, aos cinquenta e dois anos, ele pode levantar a hora que quiser, tomar o café e ler o jornal de pijama, tomar um banho frio e vestir-se com suas camisas rosas, floridas, as bermudas de cores gritantes, usar os óculos redondos de aros finos, descolorir o cabelo, que mantém desfiado com um corte moderno. Até brinco seu Jorge passou a usar.

Embora trabalhe de casa, onde mora com a mulher da vida toda (conheceram-se na faculdade de Belas-Artes) e com o filho de catorze anos, é com todos esses paramentos que, após o ritual matutino, lá pelas onze horas, seu Jorge começa a pintar no quarto que transformou em ateliê. Ele atravessa um bom momento, isso é inegável. E, para melhorar, ainda goza de uma renda mais robusta, porque, além da aposentadoria vitalícia, tem vendido bem os seus quadros.

Alguns meses atrás, seu Jorge recebeu uma encomenda, no mínimo, pitoresca. Victor Malafate, homem frequentador da alta sociedade, enviou um áudio para ele no WhatsApp. "Meu parceiro de apostas no Jockey" – e Victor Malafate disse um nome que seu Jorge não conseguiu compreender – "o recomendou com ênfase!" Bem, se sua arte estava circulando nesse meio, mau sinal é que não era. Mas seu Jorge estranhou a falta de cerimônia com a qual Victor Malafate descreveu em minúcias o que queria que fosse pintado. E, sem sequer perguntar quanto o artista cobraria pelo trabalho, Victor Malafate antecipou-se com uma proposta irrecusável.

Hoje seu Jorge passou o dia trancado no ateliê. Ainda tinha algum prazo, mas intuiu que estava muito próximo de concluir tão estranha obra que, além dos dividendos que lhe renderiam, e cuja metade inclusive já recebera, ele tomou como um grande desafio.

Nesse exato instante, a tarde caindo, dona Helena, sua mulher, aparece na porta do quarto. Justo agora, eu aqui nos arremates, pensa seu Jorge. Acontece que, além da interferência da mulher em seu trabalho criativo, seu Jorge estava com o pau duro, a bermuda fluorescente e a camisa rosa compondo um relevo, de modo que o constrangeria o flagrante da mulher. Mas, obstinada no propósito, ela sequer dá pela ereção do marido.

Quando dona Helena chama por ele, seu Jorge se esconde atrás do cavalete e diz algo como não gostar de ser interrompido enquanto está pintando. Mas, mesmo assim, ela vem com a conversa da vez – está preocupada com o fato de o filho, Miguel, passar as tardes com um amigo do prédio, um menino afeminado, segundo ela. A essa altura, o pau de seu Jorge já ficou flácido, a camisa rosa de manga curta cai suavemente sobre a bermuda amarela. Esforçando-se para manter a concentração na pintura, que está prestes a finalizar, ele procura contemporizar, mais para a mulher deixá-lo em paz que por convicção no que diz. "Deixa os meninos, Helena", e mal termina a frase, ele encontra um tom de salmão e ocre que faltava para um detalhe importantíssimo da obra. Dona Helena não arreda pé. Não vai ter jeito, seu Jorge precisará prosseguir com a argumentação e, valendo-se de sua sensibilidade, reconhecida dos tempos de faculdade aos tempos de banco, ele aventa a hipótese de o amigo de Miguel ser afeminado porque o pai morreu, algo sobre a falta de referência masculina, coisa assim, e volta à tela. Está quase lá.

Quando está prestes a inserir o magnífico tom de salmão e ocre, dona Helena dá um grito: "É ela, Daniela Gismontini!". Pego de surpresa, seu Jorge quase borra o pincel na tela, o que o faria perder dias de trabalho. Ele repreende a mulher, que não se faz de rogada – mostra fotos do Instagram da tal Daniela Gismontini, a bela repórter do telejornal da tarde que se mudou para o prédio, conforme informação do Roberto, o porteiro, e propõe algo como convidá-la para um jantar, presenteá-la com um quadro, mas sua intenção mesmo é despertar o desejo de Miguelinho pela moça, quem sabe assim ele entra nos eixos, faz o que tem de fazer, e a essa altura seu Jorge já não sabe o que dizer, quer que a mulher saia imediatamente dali. No fim das contas, ele oscila entre comentários ponderados e provocativos, e concentra-se inteiramente na pintura.

Seu pau volta a ficar duro, e ele não está mais preocupado com a mulher, que enfim saiu dali. Está arrebatado com o que acabou de pintar. Voilà! Chegou ao fim. Terá de ir ao banheiro para se lavar. Aproveitará para vestir o pijama. E, na sequência, enviará uma mensagem para o WhatsApp de Victor Malafate com a boa nova. O quadro está pronto.

Dona Márcia

— Que dia cheio! — desabafa dona Márcia, enquanto chama o elevador para guardar o carro na garagem.

Por um instante, ela sente saudade da ex-mulher. Mas acabou de fazer um bom negócio: alugou a vaga da síndica por um valor em conta. Assim, apesar da resistência de alguns pensamentos obscuros, ela desce radiante: casa nova, vida nova e — o único detalhe que faltava, uma vez que o apartamento que alugou não tinha direito à vaga de garagem — o carro guardado em segurança. Ela mexe o molho de chaves entre os dedos, a do apartamento e a do carro no mesmo chaveiro, como uma criança que ganhou um presente melhor que o esperado.

O elevador para. Ela desce. Dá de cara com um homem. Como tem intenção de fazer o maior número de amizades possível no prédio, esboça um cumprimento, mas não é correspondida. O vizinho deve estar num dia ruim — conclui, resignada. E caminha até a portaria. No trajeto, escuta um barulho estranho, parece um bichinho, talvez um cachorro, talvez uivos de uma mulher, não tem certeza, mas a ansiedade para guardar o carro é tanta que sequer vai atrás da resposta para o mistério. Cumprimenta Roberto com um aceno de mão, a mão que empunha o chaveiro, e caminha saltitante até o carro. Estacionou a uma quadra do prédio, é difícil encontrar vaga por ali, mas para tudo se dá um jeito, menos para a morte, dona Márcia sabe, tome-se o excelente negócio que acabou de fechar com a síndica.

Enquanto dá a volta no quarteirão, dona Márcia pensa na aula da manhã seguinte que, por causa da mudança de casa, não teve tempo de preparar. Orações subordinadas substantivas. Sabe a matéria de cor e salteado, mas gosta de preparar suas aulas levando em conta as especificidades de cada turma. E a turma de amanhã é difícil.

Acontece que algo não sai de sua cabeça: o menino Prudêncio, sobrinho da síndica. Ela o viu por poucos instantes, enquanto fechava negócio com a vizinha, e estranhou a forma como ele chegou, parecia apreensivo, entocou-se cabisbaixo no quarto; depois o jeito estranho com o qual a tia se referiu a ele e, por fim, quando voltou para o seu apartamento, ouviu estalos da palmatória que estava sobre a mesa da vizinha. Decerto, o menino apanhando.

Dona Márcia, que inicialmente sentia-se em débito com a síndica, já que pagaria um terço do valor anunciado pela vaga, agora sente-se em débito com o menino. Há de fazer algo por ele.

Finalmente conclui a volta no quarteirão e entra na garagem. Posso dar a ele aulas particulares de português, ensiná-lo com afeto, posso até brincar de ser mãe dele algumas vezes por semana, ou quem sabe ensinar outras coisas mais, doze anos é uma idade difícil, mas importante, sei – e nesse ponto do pensamento, um cheiro forte sobe de suas pernas. Deus, o que eu estou falando? E qual é a vaga mesmo? Ah, sim, essa aqui.

Dona Márcia estaciona. Ponto morto. Desce do carro sibilante. Sequer percebe a aproximação do vizinho que cruzou no térreo minutos atrás. Dentro em pouco, ela não realizará mais nada.

Dona Regina

Ao embicar o carro na garagem do prédio onde mora, dona Regina quase acerta um homem que está em frente à portaria. Súbito, sem decidir se o erro foi dela ou do pedestre, dona Regina senta a mão na buzina. De resto, ela está mesmo habituada a sentar a mão. São ossos do ofício.

Passado o susto, ela estaciona e sobe. Seu Clóvis, trajando o avental de sempre, provavelmente já estará lá, às voltas com o preparo do jantar. Dona Regina vira a chave e a previsão se confirma.

– Oi, vida – seu Clóvis a cumprimenta.

– Olá – responde a mulher, sem dar muita confiança, enquanto tira o cinto, o distintivo e a pistola acoplados a ele, e o despeja sobre o sofá.

Ela veste calça preta rente ao corpo, o que destaca seu largo quadril; o sapato é um scarpin vermelho com salto agulha; a blusa cinza, decotada, realça os seios pequenos. O cabelo, nem longo, nem curto, é escuro e liso.

– Te vi na tevê prendendo aquele secretário corrupto. Muito bem, vida, o homem é influente, né?

Em frente à televisão, dona Regina acompanha o noticiário vespertino e assiste à mesma reportagem que o marido viu mais cedo.

Quando o telejornal acaba, ela diz:

– Venha cá contar o que está preparando para a gente – e deixa o scarpin escorrer de seus pés, esticando as pernas sobre o sofá, uma das coxas resvala o cinto.

Seu Clóvis abaixa o fogo e caminha até a mulher. Ele tem um aspecto bonachão de quem conquistou alguma tranquilidade financeira, menos pelos vinte anos trabalhando como engenheiro civil e mais pelas licitações que o escritório do qual é sócio conseguiu recentemente, a custo de muita propina. Dona Regina sempre fez vista grossa para isso; ela sabe que, quando o esquema é grande, não se abre o bico. E está tudo certo, contanto que comprem um apartamento maior no próximo ano.

Seu Clóvis aproxima-se da mulher, mas ele sequer tem tempo para anunciar o prato, porque, com voz de comando, dona Regina decreta:

– Hoje vai ser aqui mesmo!

Seu Clóvis custa a acreditar. Ele gosta de pensar que, como de costume, será conduzido até o quarto, o jantar em fogo baixo, a mão espalmada em suas costas, como dona Regina fez com o secretário corrupto horas antes. Mas, ato contínuo, ela joga o cinto no chão e se põe de quatro no sofá.

— Eu disse que hoje seria aqui, não disse?

— Disse, vida.

— Então, venha cá, me pega por trás, vai — e ela abre o botão da calça, oferecendo o traseiro.

Atabalhoado, seu Clóvis arria a calça e, sem tirar o avental, a penetra

— Não! Hoje eu quero aqui em cima — e, com as próprias mãos, dona Regina arreganha o ânus, introduzindo nele dois dedos besuntados de saliva. As pregas sob a mira do marido.

— No cu, Clóvis! Vai. Eu tô mandando!

Seu Clóvis dobra levemente os joelhos, empurra o avental para o lado e obedece a mulher.

Dona Regina geme de um jeito diferente, parece uma gata miando.

— Agora me bate! — ela ordena — Soca o pau e me bate, anda!

Seu Clóvis passa a desferir tapinhas na bunda da mulher.

— Mais forte, Clóvis, mais forte!

Então ele senta a mão com gosto. O cheiro da comida invade a sala, e, nesse transe que emana dos corpos, eles sequer se incomodam com o barulho ritmado do que parece ser o estalo de um pedaço de madeira vindo do apartamento ao lado.

Seu Clóvis goza dentro de dona Regina, a porra escorre pelas pernas dela. O olhar do marido alterna entre os vergões que deixou na bunda da mulher e o cinto, no chão, com a pistola e o distintivo de polícia.

Dona Regina se levanta, pega o celular e olha para o marido:

– Anda logo, Clóvis, o jantar vai queimar!

Depois, com o celular na mão, ela se tranca no banheiro. Seu Clóvis volta para o fogão.

Dona Elis

Dona Elis faz o laço nos tênis. Ela se pergunta por que ainda insiste em usar tênis com cadarço, já que há tantas opções mais modernas no mercado. Seu marido, que é diretor de marketing de uma multinacional, não se cansa de criticá-la por isso. Dá uma borrifada de perfume no peito e resolve levar Lucky, o cachorrinho. Não pode deixá-lo sozinho no apartamento, tadito, ele entra em desespero, e daqui a pouco Aleta vai embora.

Dona Elis decidiu ter o corpo perfeito que seus quarenta e cinco anos permitissem, sem intervenções cirúrgicas ou medicamentosas. Às vezes ela se pergunta se foi uma decisão acertada, e não encontra resposta. Mas desce todos os finais de tarde para fazer as séries que aprendeu na internet, em um site fitness. O marido criaria caso se ela contratasse um personal. Ele chega do trabalho por volta de oito e meia, nove horas, então dona Elis tem tempo de, ao terminar os exercícios, tomar um banho, esquentar a janta que Aleta deixou pronta e ficar arrumada para recebê-lo.

Hoje Lucky está especialmente alvoroçado. Ela mesma se reconhece mais braba que o habitual nos últimos dias. Teria coincidido com o período em que passou a fazer ginástica? Não sabe dizer. Mas, sempre que pode, tenta manter o bom humor, o alto astral, o semblante de que tudo vai bem, muito bem, obrigada. Aprendeu essa estratégia com o marido, que sugeriu a ela, a título de rejuvenescimento, espetar um piercing no umbigo. E o que o marido sugere que dona Elis não acate?

Quando salta no térreo, dona Elis encontra Roberto, o porteiro, colando cartazes no elevador ao lado. Ela diz um "oi" forçado e segue para a academia arrastando Lucky, de modo que seus tênis fiquem todos lambuzados pela baba do cãozinho.

Dona Elis amarra a coleira na sala de ginástica e se prepara para a série do dia. Membros inferiores: quadríceps, tríceps sural, bíceps femoral e glúteo, conforme instrui o site fitness. Essa é a série mais difícil de se executar, mas também a que lhe proporciona mais prazer.

Mas, bah, o Lucky não cala a boca, que infortúnio!

Mal termina o desabafo, de frente para o espelho, dona Elis se recorda das marcas das cintadas que recebia do pai, da mãe, da tia e até da avó. Tinha de ser guria direita, encontrar um bom marido; essa era a meta da vida. E, bah, essa meta só poderia ser atingida na frequência do relho – dona Elis cresceu ouvindo essa máxima.

Mas dois adolescentes que, ainda do espelho, vê caminhando pelo corredor a despertam do passado. Dona Elis percebe que um deles entorta o pescoço, balançando a cabeça de um lado a outro, como se tentasse cortejá-la. Ela fica envaidecida, embora o garoto pudesse ser seu filho. Filho que não teve. Que não terá. Imagina, bah, só dão trabalho, é o que o marido sempre diz e ela tem de acatar como mais uma estratégia de marketing.

Súbito, dona Elis elucubra que, com o corpo durinho, o marido talvez dê menos atenção às metas que precisa bater na empresa e volte a procurá-la. Mas nem a esses pensamentos ela consegue se entregar: o Lucky não cala a boca. Bah, guri, olha o relho! Luckyyy! Luckyyy! Luuuckyyy! Hoje tu vais ver o que é bom, vais aprender como eu aprendi, na base da cinta, na frequência do relho!

Enquanto dona Elis, enfurecida, caminha pisando firme em direção ao Lucky, o interfone toca. Na certa, o Roberto reclamando. Ela recua para atender, mas a chamada silencia no segundo toque. Dona Elis retoma o propósito: desce a coleira de couro no lombinho de Lucky, que uiva de dor. Que merda é essa que tu estás mordendo, Lucky? Larga esse caderno! Ela desce o relho com vontade. Lucky gira sem sair do lugar e, ao tentar morder o próprio rabo, solta o caderno, que cai aberto. Uma frase chama a atenção de dona Elis: "Só vive para sempre a morte". Que merda é essa, Lucky? Dona Elis prossegue com a surra, e sequer se dá conta da lágrima que escorre em seu rosto.

Roberto

Trajando roupa de ginástica, dona Elis salta no térreo. A barriga tanquinho destaca o piercing de brilhante no umbigo. A mão empunha a coleira vermelha de couro pela qual arrasta Lucky. No elevador ao lado, Roberto cola cartazes com anúncios de aluguel de vaga na garagem e dedetização.

– Oi, Robertooo! – diz dona Elis, com o sotaque gaúcho, deixando para trás o quadril arrebitado.

O cabelo preso no rabo de cavalo açoita suavemente suas costas. Lucky, que a segue com um trote desengonçado, rosna para o porteiro.

– Boa tarde, dona Elis – responde Roberto, mas a mulher mal escuta. Já tomou a direção da sala de ginástica.

Roberto afixa o cartaz com o anúncio da vaga. Falta o da dedetização, e ele se lembra de que 20% dos valores ficarão com a síndica. Conclui a tarefa e volta à portaria.

Pelo monitor de circuito interno, Roberto observa dona Elis na sala de ginástica. A mão da mulher envolve uma coluna de madeira, de modo que o braço alongado componha um eixo perpendicular ao tronco. Seus seios parecem querer saltar do top.

No monitor ao lado, Roberto nota Lucky preso pela coleira à porta. Como não é permitida a permanência de pets naquelas dependências, ele passa a mão no interfone e digita o ramal da academia. Mas recua antes do primeiro toque.

Agora dona Elis está de costas para a câmera. Com uma perna colada à outra, ela joga o tronco para frente e para baixo. O rabo de cavalo desliza pelo ombro, o quadril se oferece inteiro para a câmera. Lucky começa a latir. Roberto acompanha tudo pelos monitores. O cãozinho esgarça a coleira.

– Bah, guri, olha o relho! – a voz estridente de dona Elis chega até a portaria.

O interfone toca. É um homem, carregando uma caixa, em frente ao prédio. No momento em que Roberto vai atender, um carro, que vira para entrar na garagem, quase atinge o homem.

– Pois não? – pergunta Roberto, impactado com o que seria um acidente muito grave.

– Entrega para o 72 – diz o homem, ainda sob efeito do susto.

Setenta e dois é o apartamento de dona Norma. Lucky não para de latir. Dona Elis não para de gritar. Roberto interfona para o 72. Ele se oferece para subir com a encomenda, que parece pesada, mas dona Norma prefere descer.

Roberto se apruma. Passa a ponta da língua nos dedos, penteia a sobrancelha, confere o hálito formando uma concha com as mãos.

— O relho, Lucky!

Pelo monitor, Roberto contempla os agachamentos de dona Elis, que agora empunha um par de altere. O piercing brilha no abdômen suado.

— Luckyyy! Luckyyy! Luuuckyyy!

O cachorrinho segue esgarçando a coleira e passa a girar compulsivamente em círculos. Roberto terá de interfonar para a sala de ginástica. Se algum morador reclamar, certamente receberá uma advertência da síndica, quem sabe até desconto em folha.

O entregador torna a interfonar. Roberto não atende, pois percebe a aproximação de dona Norma. Ela passa sem olhar para a portaria e retorna, um pouco depois, ainda cabisbaixa, carregando a caixa.

Dona Norma já está no elevador, quando Roberto enfim interfona para a sala de ginástica. Lucky passa a grunhir, mordendo o que parece ser um caderno. Enquanto aguarda dona Elis atender, Roberto nota o pau do cachorro no monitor. Duro e grande. Muito grande. Impactado com a cena, Roberto interrompe a ligação após o segundo toque. Falta pouco para um baque surdo inundar a portaria com um enorme silêncio.

Prudêncio

Como de costume, Prudêncio vence cabisbaixo o caminho de volta da escola para casa. Mas, hoje, sua cruz está mais pesada. Do outro lado da rua, ele vê um colega da escola caminhar entre o pai e a mãe, e então se pega tentando encontrar as feições dos seus pais: pela primeira vez na vida, Prudêncio compreende o significado da palavra saudade. A lembrança mais tenra a que consegue avançar corresponde a uma fotografia dos pais, com ele no colo, que certa vez o tio lhe mostrou. Mas o tio também se foi. Aos doze anos de idade, Prudêncio vive sufocado pelo passado que não teve.

Quando chega ao prédio onde mora, Roberto, o porteiro, tenta puxar conversa. Mas sem sucesso. O menino toma logo a direção dos elevadores. No entanto, quando vê a moradora do 72 carregando uma caixa com dificuldade, Prudêncio decide não subir com ela. E, contrariando quaisquer expectativas que poderiam recair sobre si, ele resolve dar uma volta pelo térreo.

Não sem espanto, Prudêncio avista, escondidos atrás da churrasqueira, dois meninos um pouco mais velhos. Um deles, mais magro, ostenta uma franja loura sobre a testa, e veste uma camisa com um cavalinho na altura do peito e uma bermuda xadrez, com listras laranjas e azuis. O outro, mais forte, também usa camisa – mas o detalhe no peito parece ser um jacaré ou um bicho parecido – combinada com uma calça jeans rasgada. Prudêncio só os conhece de vista. Nunca se falaram.

Ele daria no pé, mas percebe o menino encorpado acariciando a bermuda xadrez do franzino, que balança desenfreadamente a franja loura de um lado para o outro. Os dois trocam sorrisos, e Prudêncio fica ali observando, esgueirado atrás de um arbusto.

– Bah, guri, olha o relho!

Prudêncio escuta a voz de uma mulher que está na academia e se assusta. Por instinto, como se a reprimenda fosse para ele, prepara-se para o golpe. Que não vem.

Os dois meninos, por outro lado, parecem se animar com os gritos da mulher. Tanto que o mais encorpado introduz a outra mão dentro da própria calça, e o louro não para de balançar a cabeça. O cavalinho na blusa de um, o jacaré na do outro, o vento no arbusto, os gritos da mulher, os latidos do cachorro, toda a algaravia aturde Prudêncio.

Ato contínuo, ele se dá conta de que sua tia, a síndica do prédio, possui acesso às câmeras de segurança. Se for visto por ela, certamente será castigado. Por isso, ele abaixa a cabeça. É então que o barulho provocado pelo movimento no arbusto chama a atenção dos outros meninos.

— Ei, o que você tá fazendo aí, moleque? — pergunta o louro.

— Vaza, pirralho, vaza daqui! — emenda o encorpado, gesticulando com as mãos meladas.

Com os ombros arqueados e carregando a mochila murcha nas costas mirradas, Prudêncio corre até o playground. Resignado, ele sobe ao apartamento. Queria apenas que a mãe estivesse ali para recebê-lo.

Edifício Ouroboros

Quando, fruto de engenhosa alquimia, nascer o primeiro humano imortal, será tatuada na testa de cada mortal a data exata – hora, dia, mês e ano – de sua morte. Com o passar dos anos, os imortais dominarão os mortais. Sempre que um imortal encontrar outro, eles se cumprimentarão levando o indicador à testa e apontando-o para o céu. Por sua vez, o mortal que deparar com um imortal deverá prontamente se curvar. Pais baixarão a cabeça para os filhos, que cumprimentarão os irmãos, os primos, os vizinhos e os amigos com o aceno recíproco de indicador. Uma, duas, três, quatro, cinco gerações depois, ainda se encontrará, aqui e ali, um ou outro mortal. Mas a morte estará com os dias contados, e, consequentemente, a angústia. A vida eterna estará prestes a triunfar. Até restar o último mortal, que carregará sobre os ombros toda a angústia do mundo. Então, no horário, dia, mês e ano estampados em sua testa, o último mortal dará cabo da própria vida. E, nesse exato instante, todos os imortais virarão pedra. Se restasse ainda alguma testemunha, ela certamente ouviria, emanando do silêncio dos corpos de pedra, a redondilha seca: "Só vive para sempre a morte".

Em meio a latas de cerveja, garrafas de vodca e cartelas de remédios tarja-preta espalhadas pelo assoalho, as janelas fechadas, o hálito azedo, sem saber se é dia ou noite, você acorda com a lembrança ainda fresca de um sonho e decide transcrevê-lo. O computador sem bateria, o celular sem bateria, você não encontra os carregadores, o caderno de notas você não sabe onde guardou, mas por ele você busca obstinadamente, e após muito perambular pelo cenário sinistro que o seu apartamento se tornou, você o encontra, a caneta espetada na espiral.

Então você toma nota do sonho o mais rápido que pode, para não esquecer nada. Mas o medo do esquecimento já é um atestado do esquecimento, e você caminha em espiral pelo apartamento à procura de lembranças. Desemboca na janela, de onde, sem que saiba ainda, não sairá mais. Embora evite a claridade já há algum tempo, você sobe a persiana e, pressionando os ferrolhos, abre a janela como se abraçasse o mundo. É dia. A luz baixa o faz pensar que o sol acabou de nascer, ou está prestes a morrer. Você olha para baixo e, pela movimentação, conclui: é fim de tarde.

Um homem é quase atropelado na frente do prédio. Você sente o susto dele, de quem está no carro e de quem mais possa ter testemunhado a quase-morte. Impactado, você identifica uma mulher caminhando até o homem, parece dona Norma, mais conhecida no prédio como a solteirona do 72. Como testemunha daquilo que sonhou, você vai reconstituindo o que está por acontecer.

Mas, afinal, desde quando você se isolou, interrompeu o tratamento, abandonou o trabalho, deixou de procurar os amigos, de retornar as mensagens? Você se afundou na bebida, destruiu um casamento, justo no momento em que estavam tentando engravidar. Recentemente, você soube que sua ex-mulher refez a vida. Teve uma filha.

Os eventos embaralham sua cabeça. No caderno de notas, você encontra os nomes dos vizinhos, do porteiro, das funcionárias dos vizinhos, de um cachorrinho. Ideias soltas, fatos que demandam reconstituição, um trabalho de montagem. Ocupando toda uma página, você lê "O segredo de seu Antenor", seguido de reticências. Pessoas perversas. Pessoas humilhadas, aprisionadas aos próprios pecados. Uma inversão insolúvel entre protagonistas e coadjuvantes. Você é tomado por uma dose cavalar de angústia.

Então, ao se perguntar se vale a pena levar a escrita adiante, você ouve gritos no apartamento ao lado. Uma mulher uiva de dor, outras mulheres parecem consolá-la, como se desejosas de que a dor cesse, mas ao mesmo tempo a incentivam a prosseguir, como se desejosas de que ela sinta mais dor. Essa cena você ainda não havia presenciado, dela não há registro no caderno, com isso não sonhou. A vizinha de parede-meia, cujo nome você desconhece, está prestes a dar à luz. Diferente de você, ela não está sozinha. De cócoras, sobre uma bola, ela é abraçada pelo companheiro, observada por uma enfermeira, e, ajoelhada diante dela, a médica, com um largo sorriso, espreita a vida.

Agora você escuta nitidamente:

— Não aguento mais!

— Já chegou até aqui, está quase, posso ver os cabelinhos, aguenta sim, preciso que faça só mais uma, beeem forte...

Você pensa no sentido do diálogo, pensa em sua vida, pensa nas lembranças que você ainda quer escrever. Eu também não aguento mais, você murmura para o oco que sua vida se tornou. Neste exato momento, você se inscreve na linha tênue, quase invisível, a fronteira entre o sonho e a vigília, entre o que foi e o que jamais será, e você joga o caderno pela janela. Só vive para sempre a morte.

Algum tempo depois (você não sabe precisar quanto), um choro invade o apartamento. Então, você conclui: não há mais tempo a perder. Você se debruça sobre o parapeito da janela, é chegado o momento de terminar com tudo, e não poderia haver melhor trilha sonora para o fim do que um choro prenunciando vida. Mas, quando está na iminência do salto, você assiste em câmara lenta à queda de um corpo fraco, a cicatriz na testa, a palma da mão cravejada com uma cruz, o menino Prudêncio, você reconhece de imediato. O baque surdo de toda a angústia do mundo estatela no chão e toma conta do livro. Todos viram pedra.

AGRADECIMENTOS

Ao Programa de Ação Cultural do Estado de São Paulo – ProAC –, pelo prêmio que viabilizou a publicação deste livro.

Ao Luiz Bras, que coordenou o Ateliê Escrevendo o Futuro, e aos participantes de sua edição ocorrida no segundo semestre de 2019. Uma primeira versão do conto "Dona Norma" e do sonho do narrador, no fim do livro, foram escritas naquela oficina.

Ao Sérgio Tavares, pela leitura crítica.

Ao amigo-editor Marcelo Nocelli, pela leitura precisa e mais essa parceria.

À Juliana Caldas, pela leitura crítica e por todo o resto.

Ao João H. Tardivo, meu filho, pela sugestão de leitura que seria determinante para a escrita deste livro.

Esta obra foi composta em Scala
e impressa em papel pólen 90 g/m² para a
Editora Reformatório, em julho de 2022.